I0686214

Ie

23834

LES VERS A SOIE.

LES

VERS A SOIE,

POËME

EN DEUX CHANTS;

Par M. E. de Guilhermier.

NOUVELLE ÉDITION.

TOULOUSE,

LIBRAIRIE DE DELSOL, PRADEL ET COMP.,
rue Tamponnière, 10, au premier.

—

1842.

TOULOUSE, Imprimerie de Delsol, rue Tamponnière, 18.

AVANT-PROPOS.

COMME je ne décris point, dans le petit Essai que je donne au public, l'histoire, à proprement parler, du Ver à Soie, que j'ai cru par son obscurité n'être pas susceptible d'être mise en vers avec succès, je m'empresse de faire connaître quelques auteurs qui en ont parlé. Olivier de Serres, dans son Théâtre d'Agriculture, développe à fond l'origine des Vers à Soie, ou du moins nous donne toute la connaissance qu'on en peut prendre. On trouve dans son vieux langage, la naïveté d'un conteur aimable et l'érudition d'un historien. Voici ce qu'il dit, au chapitre XV : « Si le Ver à Soie eût été connu des anciens auteurs d'Agriculture,

l'on ne fait doute que la louange de tant
riche animal n'eût été chantée par eux, ainsi
qu'ils ont fait celle des Mouches à miel; mais
à tel défaut, il est demeuré sans nom plusieurs siècles. Virgile discourt, comme en
passant, de la riche toison que produisent les
forêts d'Ethiopie et des Serres, sans faire
mention de sa qualité ni du moyen de la
recueillir. Voici ces mots :

Quid nemora Æthiopum molli canentia lanâ !
Velleraque ut foliis depectant tenuia Seres.

» Donc aucuns, comme Solin et Servius,
ont estimé ce être la soie, et icelle procéder
directement des arbres. Tel a été le premier
avis de la soie donné en Italie, qui fut du
règne de l'empereur Octavien Auguste, con-
firmé par Pline plus de septante ans après
(car il vivait au temps de Vespasien). Il y
ajoutait qu'en l'île de Cos croissaient des
cyprès, térébintes, frênes et chênes, des
feuilles desquels arbres, chutes à terre
de maturité, par l'humidité d'icelle nais-

saient des vers produisant la soie; qu'en Assyrie le Ver à Soie, animal du genre des insectes, appelé des Grecs et Latins Bombyx, fait son nid avec de la terre qu'il attache contre les pierres, où il l'endurcit très-fort, s'y conservant toute l'année ; qu'à la mode des araignées, il fait des toiles. Dit aussi, avec Aristote, qu'en l'île de Cos, Pamphila, fille de Latous, a été l'inventrice de filer et de tistre la soie ; par lesquels enveloppés discours, accomparés à la pratique de ce temps, appert combien loin étaient les anciens de la vraie connaissance des Vers à Soie, n'ayant su d'où ils procèdent, ni de quoi ils sont nourris; ainsi que par leur silence ils témoignent, se taisant de leur graine et des feuilles de mûriers pour leur nourriture. Vospicus témoigne que du temps de l'empereur Aurélien (deux cents ans après Vespasien, et davantage), la soie se vendait au poids de l'or; pour laquelle cherté, et principalement pour la modestie, ce prince-là ne voulut jamais porter robe toute de soie, ains mélangée avec autre matière, bien que

Héliogabale, son devancier, n'eût été si re-
tenu, comme dit Lampridius. Semblable
modestie se remarque du roi Henri second,
n'ayant jamais voulu porter bas de soie,
encore que de son temps l'usage en fût déjà
venu en France. Plusieurs autres, en divers
temps, ont aussi parlé de la soie, comme
Solin, Marcelin et Servius, qui nomment le
Ver à Soie *Zir*, d'où vient le mot latin *seri-*
cum, c'est-à-dire soie, selon le témoignage
de Pausanias, en sa description de la Grèce.
Martial fait aussi mention de la soie par ces
vers :

> *Nec vaga tam tenui discursat aranea tela,*
> *Tam leve nec bombyx pendulus urget opus.*

» Et de l'ouvrage des Vers à Soie, Properce
dit :

> *Nec si qua Arabio lucet bombyce puella.*

» Ulpien, jurisconsulte antique, parle de
la soie, au titre *De auro et argento legato*
*I*er. *vestis,* en cette sorte : *Vestimentorum*

sunt omnia lana , lineaque vel serica bombycina , etc.

» C'est chose reçue de tous, que les habitans du pays de Serres ont les premiers manifesté la soie, en ayant tiré la semence de l'île Trapobane, autrement Sumatra, située sous l'équinoxial, éloignée d'eux de quarante-six à quarante-huit degrés de latitude. Le pays de Serres , ainsi dit d'une ville de la province, est celui qu'on nomme aujourd'hui Cattay et Cambalu en l'Asie orientale, joignant de l'occident à la Scythie asiatique, et du midi à l'Indie, dominé par le grand Cham de Tartarie. A la longue ces choses vinrent en évidence par deux moines, qui de Sera, ville du pays de Cattay, portèrent la graine des Vers à Soie à Justinien, à Constantinople (le règne duquel empereur commença l'an de Christ cinq cent vingt-six), d'où la science d'élever ce bétail s'est éparse par toute l'Europe. Ainsi l'a écrit Procopius, après plusieurs autres. De la ville de Panorme en Sicile est sortie la manière d'employer la soie, où premièrement elle a paru par le moyen de certains ouvriers en cet art-là, emmenés prisonniers par Roger, roi de ladite île de Sicile, au temps de l'empereur Conrad. Finalement ces belles sciences ont fondu en certaines provinces de ce royaume, mais par trait de temps et intervalles, non à la fois ; car, comme Dieu a accoutumé de distribuer ses bienfaits petit à petit, pour tant mieux nous faire savourer ses grâces, ainsi la connaissance du mûrier nous a été premièrement donnée, puis celle de l'usage d'icelui, afin de faire provision de pâture avant qu'être chargé du bétail. »

Je m'arrête un moment pour citer M. Crevier, qui confirme ce que dit Olivier de Serres d'Héliogabale. Voici ses expressions : « Dion observe que ce prince contempteur de toutes les bienséances, parut, contre l'usage, le jour des Vœux Annuels, trois janvier, avec la robe triomphale. Ses excès en ce genre furent poussés bien plus loin, au rapport d'Hérodius. Il dédaignait tous les habillemens et toutes les étoffes à la mode des Grecs et des Romains. La laine était trop vile pour lui ; il lui fallait de la soie teinte en pourpre et relevée en broderie d'or. On sait combien la scie était alors une marchandise rare et précieuse ; le luxe même le plus hardi n'osait encore l'employer qu'en la mêlant avec d'autres matières, si l'on en excepte quelques femmes qui en avaient porté rarement des étoffes pleines.)

» Héliogabale fut le premier des Romains qui adopta cette mollesse jusque-là inconnue aux hommes. » (Histoire des Empereurs, tome IX, livre XXIII, page 427.

Tout nous démontre que la découverte de la soie n'est pas très-reculée, et que la véritable manière d'en former de belles étoffes ne s'est trouvée que dans nos derniers siècles. Témoin encore M. le Beau, qui vient à l'appui d'Olivier de Serres : « Ce fut vers ce temps-là (an cinq cent cinquante-un), que deux moines, venus des Indes, apportèrent à Constantinople des œufs de ce ver merveilleux qui produit la soie. Le commerce de cette marchandise, dont l'usage était devenu très-commun, quoique le prix en fût excessif, faisait passer en Perse des sommes immenses d'argent de l'Empire. Justinien, pour ne pas enrichir une nation ennemie, avait déja voulu, mais sans succès, transporter ce commerce en Ethiopie. Il récompensa libéralement ces moines, qui enseignèrent la manière de faire éclore les œufs, de nourrir le ver et de filer la soie, etc. » (Histoire du Bas-Empire, tom. X, livre XLVII, p. 409.)

Je reviens à Olivier de Serres, qui nous donne quelques détails sur l'introduction des Vers à Soie en France : « Je ne rechercherai ici les causes et le temps de leur introduction en ce royaume plus avant que du règne de Charles huitième. Au voyage que ce roi fit au royaume de Naples, l'an mil quatre cent quatre-vingt-quatorze, quelques gentilshommes de sa suite y ayant remarqué la richesse de la soie, à leur retour chez eux apportèrent l'affection de pourvoir leurs maisons de telles commodités. Après être finies les guerres d'Italie, envoyèrent à Naples querir du plant de mûriers qu'ils logèrent en Provence, le peu de distance

qu'il y a des climats d'un pays à l'autre faci-
litant l'entreprise. Aucuns disent que ce fut
en l'extrémité de telle province enclavée
dans celle du Dauphiné, où premièrement
les mûriers abordèrent, marquant même
Alan, près de Montelimar, qui en fut lors
purvu par le moyen de son seigneur, qui
avait accompagné le roi en son voyage,
comme les vieux gros mûriers blancs qu'on
y voit encore aujourd'hui en donnent quelque témoignage. Or, soit là ou ailleurs, c'est
chose assurée qu'en divers endroits de la
Provence, du Languedoc, du Dauphiné, de
la principauté d'Orange, et sur-tout de la
Comté de Venessain et archevêché d'Avi-
gnon (pour le grand commerce qu'ils ont
avec les Italiens), les mûriers et leur service
y sont à présent très-bien reconnus. »

Après avoir mis sous les yeux du lecteur
une esquisse rapide de l'histoire du Ver à
Soie, il me reste à lui dire quelques mots
sur ce poëme, que je produisis au grand
jour littéraire, à un âge où l'on a peu d'espoir d'obtenir des succès durables. Cet ou-

vrage imprimé à Paris en 1806, a marqué mon début et la fin de ma carrière poétique que je croyais parcourir avec plus de constance. Un peu de paresse, d'autres occupations, d'autres goûts, remplacèrent entièrement ceux que je m'étais d'abord créés, mais, pour lesquels j'ai toujours conservé la prédilection la plus vive, si ce n'est dans la pratique, du moins dans la théorie. Depuis longues années je n'avais à ma disposition aucun exemplaire de mon opuscule, et chaque fois que des amis ou des personnes de ma connaissance voulaient bien m'en faire la demande, j'étais fort embarassé, ne sachant comment répondre à leurs prévenances. Ces diverses considérations m'ont engagé a en donner une nouvelle édition. Le sujet tout méridional que j'ai traité, pourra peut-être réveiller la verve de nos modernes troubadours, et nous serions heureux de devoir à la nouvelle école, une production plus en harmonie avec les nouvelles formes qui la distinguent.

Je voudrais que les Aristarques qui encouragèrent mes jeunes efforts vécussent encore; ils recevraient ici le tribut de ma reconnaissance; et quoique je n'aie point répondu à leur indulgence en persistant dans la culture d'un art qui présente tant de charmes dans toutes les situations de la vie, je n'en ai pas moins reconnu la vérité des observations qui accompagnèrent les expressions bienveillantes, avec lesquelles ils annoncèrent mon essai. Un des oracles du goût de cette époque, le célèbre Geoffroi, qui rédigeait avec tant de talents et de succès la partie dramatique du journal de l'empire, voulut bien me réserver quelques lignes encourageantes dans son feuilleton. J'avoue que je les regardai comme des lettres de naturalisation pour être admis dans la république des lettres. Je ne transcrirai point ici le texte des encouragements que je reçus de plusieurs journaux; l'on me trouvera plus de désintéressement en ne citant que quelques phrases du Mercure de France dont M. de Fontanes était un des rédacteurs, et qui résument toute la critique de mes différents juges : « l'étendue de son poëme (en parlant de l'auteur) n'est pas hors de proportion avec le sujet qu'il traite; mais c'est un de ces ouvrages descriptifs qui n'étant pas soutenu par l'intérêt d'une action, exige d'autant plus de perfection dans le style. M. de G.... n'a point encore assez travaillé le sien pour pouvoir se placer avec succès à côté des grands maîtres sur les traces desquels il essaie de marcher etc. »

L'on pardonnera cette digression à un auteur qui, ayant à vingt ans renoncé à la culture de la poésie, a du moins voulu prouver qu'il n'y avait point été forcé par arrêt d'aucun aréopage littéraire. Puisse la lecture de cet ouvrage en justifier la réimpression !

LES

VERS A SOIE,

POËME EN DEUX CHANTS.

CHANT PREMIER.

Je chante ce Protée, insecte ingénieux (1),
Que l'art a su fixer dans nos climats heureux ;
Qui, transporté de l'Inde aux bords de la Provence,
Nourrit le malheureux et pare l'opulence.

O toi qui, le front ceint de glorieux lauriers,
Parcours de l'Hélicon les différens sentiers,
Interprète fidèle autant que chantre aimable,
Sublime imitateur, modèle inimitable,
Dont le luth enchanteur a célébré les champs,
Leurs sites variés, leurs divers habitans,
Delille, inspire-moi, souffle-moi ton délire !
Qu'avec toi plus hardi, je tente de décrire,

2

BIBLIOTHÈQUE ROYALE

Les soins multipliés qu'exige en ses travaux
Celui qu'on aperçoit se mouvoir par anneaux,
Se plaire, se montrer sous des robes nouvelles ;
Tantôt ramper sans bruit, tantôt battre des aîles ;
Tantôt s'ensevelir dans une tombe d'or,
Tout-à-coup la briser, et prendre son essor !
Mais lorsque tu fournis ta carrière brillante,
O Ver industrieux, chenille bienfaisante,
Tu coûtes des sueurs, des peines, des soucis,
Et de l'activité, ton trésor est le prix :
Là c'est le doux sommeil que l'on te sacrifie,
Il n'est aucun plaisir que pour toi l'on n'oublie,
Pourvu que l'œil charmé puisse voir chaque jour,
De tes cercles mouvans s'agrandir le contour.

Alors que du Printemps les suaves haleines
Fécondent les côteaux, fertilisent les plaines ;
Que la Naïade libre, épanche en ses canaux
Le rapide torrent de ses limpides eaux ;
Que la Driade enfin, repoussant la froidure,
A jeté sur son sein un voile de verdure,
Cherchez la vie au sein de la fécondité ;
Elle est là, sous le poids de la stérilité,
Dans ces corps globuleux, fruits d'uu amour utile,
Que le dernier été vit naître du reptile,
Qui transformé soudain en papillon charmant,
En déplt de ce nom brûlait d'un feu constant.
Des rigueurs des frimats et des vapeurs nuisibles,
Vous aurez préservé ces grains imperceptibles :

Bientôt ils donneront d'illustres rejetons.
Contemplez le mûrier couronné de bourgeons ;
Un bracelet de fleurs fait l'ornement de Flore ;
Entendez cette voix qui dit : Mettez éclore !
Déjà vous parcourez, d'un regard curieux,
Les arbres qu'ont plantés vos prévoyans aïeux :
Observez leurs rameaux ; la sève nourricière
Va, pour vous, dérouler leur parure première.
Puis, la balance en main, discret spéculateur,
Comptez sur vos mûriers et non sur le bonheur.
Dans des calculs trompeurs l'ambition s'engage ;
Palémon croit avoir un immense feuillage :
Voyez-le accroître encor le dépôt merveilleux
Qui va le surcharger d'artistes malheureux ;
Ah ! ne pouvant suffire à leur faim dévorante,
Il paiera chèrement son audace imprudente.

Cependant vous irez, en ce jour solennel,
Porter vos embryons aux pieds du saint autel :
Après avoir du ciel imploré l'assistance*,
L'art saura vous aider pour hâter leur naissance.
Dans un atome obscur, se trouve renfermé
Le ver qui par vos soins est soudain animé.
N'imitez pas Cloé qui, folle en sa manière,
Veut que son sein brûlant lui tienne lieu de mère ;
Ni Doris qui prétend qu'en sa couche il naîtra :
Dans son dépit jaloux Cypris l'en chassera.

---

* C'est ordinairement le dimanche des Rameaux que se fat
cette pieuse cérémonie.

J'aime bien mieux celui que la prudence guide,
Et pour ces vains essais jamais ne se décide;
Il est en ses moyens, plus simple, plus instruit :
Dans sa demeure, il a découvert un réduit
Que l'Aquillon respecte, où le fourneau propice
Dispense sans excès sa chaleur bienfaitrice.
Arrondi, façonné, le flexible roseau,
D'une grande famille est l'unique berceau.
Là paraîtront bientôt des nations amies,
De fidèles sujets, des peuplades chéries.
Voyez dans ce séjour, appendu près du mur,
L'instrument qu'inventa le savant Réaumur.
Réglant de ce foyer la féconde atmosphère,
L'esprit de Bacchus donne une loi salutaire.

Après qu'il a planté son parterre riant,
Le fleuriste charmé, l'observe à chaque instant;
Le matin il l'admire, et le soir il l'arrose;
Demain sur cette tige il cueillera la rose.
Toujours impatient, il attend cet œillet;
Ici la renoncule et plus loin le muguet,
Tel l'homme industrieux qu'un plus beau zèle enflamme,
D'un doux frémissement sent agiter son âme,
Lorsque l'avant-coureur de ses chers artisans,
S'annonce comme un point, à ses regards perçans
Que dis-je? il est suivi d'une troupe d'élite :
Allez, partez, volez, couronnez le mérite;
Dépouillez le mûrier de ses tendres boutons;
Livrez-les sans regrets aux jeunes nourrissons;

Qu'ils soient sobres pourtant au jour de leur naissance,
Leurs frères à l'envi viennent par affluence,
Et bientôt ils seront pareils à leurs aînés,
Par vos soins prévoyans au jeûne condamnés.
Dussé-je d'un tyran heurter l'arrêt inique,
Que l'égalité règne en cette république !

Vos souhaits sont comblés : vos nombreux ouvriers,
Toutefois sont encore entassés par milliers ;
Alors que l'atelier est de peu d'étendue,
Aisément vous pourrez les passer en revue ;
Leurs formes, leurs couleurs donneront de l'espoir.
Heureux si leurs habits paraissent d'un beau noir !
Sous ce vêtement simple existe un grand courage,
L'ardeur pour le travail, la frugalité sage.
Réformez sans pitié, ceux qu'un luxe éclatant
A parés d'écarlate, emblème trop brillant ;
Lâches efféminés, ils conservent sans cesse
Le goût pour les repas, la stupeur, la mollesse.

Pour vous promettre enfin un plus sûr avenir,
Faites choix d'un logis qui puisse contenir
Du magnifique essaim la troupe vagabonde.
Pourquoi suis-je saisi d'une douleur profonde ?
Quel objet m'épouvante et me glace d'horreur ?
Ah ! nous sommes frappés par la main du malheur.
L'hiver âpre et cruel, avec des yeux d'envie,
Regarde nos bosquets, nos fleurs, notre prairie ;
Tout prêt à s'envoler de ces climats chéris,

Sur nos monts sourcilleux il est encore assis.
Colons industrieux ! c'est à vous qu'il destine
Une mort.... coup affreux de l'horrible famine.

Retracerai-je ici son lugubre tableau ?
O muse ! dans les pleurs imbibe ton pinceau.

Le soir qui précéda cette nuit lamentable (2),
Qui fut de nos chagrins la source intarissable...
Etait pur et serein ; dans l'immense horizon ,
Circulait seulement l'air vif de l'Aquilon :
Tout-à-coup il s'enfuit, et laisse nos contrées
Que l'éclat de Vesper a soudain éclairées.
A cette heure, bercé par un songe trompeur ,
Je goûtais à longs traits un repos séducteur ;
Ce charme consolant me quitte , m'abandonne ;
Troublé , j'ouvre les yeux ; réveillé , je frissonne ;
Je sens autour de moi le souffle du trépas ;
Morphée en vain tu crois me tenir dans tes bras.
Lancé dans les vallons , égaré dans les plaines,
De Pomone vingt fois je parcours les domaines ;
Tout me prédit, m'annonce une calamité.
Devant moi j'aperçois un fantôme arrêté. . .
D'un pauvre laboureur , je m'approche sans craintes ;
Pensif, il exhalait ses soupirs et ses plaintes :
Aujourd'hui, me dit-il , la feuille, les épis
Sècheront dans les champs , calcinés et flétris.
Cependant nous sentions sur notre front humide ,
Goute-à-goute tomber la rosée homicide ,

Qui métamorphosant ses perles en glaçons,
A la nymphe des bois préparait des poisons.
A la faible lueur de l'aurore naissante,
Nous découvrons enfin la poudre blanchissante,
Qui du soleil attend ses pouvoirs meurtriers,
Et dont le triste éclat fait pâlir nos mûriers.
Astre brillant, ô toi ! père de la lumière,
De ces bords malheureux détourne ta carrière,
Sous un nuage épais voile-nous ta clarté ;
Qu'aujourd'hui tes rigueurs nous montrent ta bonté.
Tu ne m'écoutes pas : déjà tes étincelles
Ont doré les créneaux des antiques tourelles.
Le géant des forêts voit son front orgueilleux,
Entouré de rubis, de rayons lumineux.
Dieux ! quel secours nous reste en ce péril extrême ?
J'invoquerai les vents, la tempête elle-même.
Eole ! laisse errer a leur gré tes enfants ;
Redoublez vos efforts, accourez, fiers autans ;
Balancez ces rameaux, cette cime fleurie ;
Donnez à la nature, une seconde vie,
Séchez les pleurs amers que l'aurore en courroux,
Sans doute a répandus dans un transport jaloux....
L'écho seul a rendu ma prière inutile ;
Le ciel plus pur, jouit d'un calme plus tranquille.
Sur son char attelé de ses divins chevaux,
Phébus parcourt, ravage, embrase nos côteaux.
On dirait, en voyant nos campagnes brûlées,
La pâleur des enfants, les mères désolées,
Qu'un autre Phaéton consume l'univers.

Qu'allez-vous devenir , ô ! mes précieux Vers ?
Soudain mon compagnon , jusqu'alors immobile ,
M'offre de regagner son misérable asile.
Je l'y suis en tremblant : hélas ! devant mes yeux ,
Se déroule un spectacle encor plus douloureux .
Des hôtes l'attendaient. . . . . Il ne peut satisfaire
A leur prompt appétit , par un mets salutaire ;
De leurs dons vainement dotant son avenir ,
Dans sa détresse il s'est empressé de jouir . . . . .
N'importe , un dur exil est leur triste partage ,
Il les jette. . . . Il a vu se brouir (*) son feuillage.
Dispersés dans les champs , ils errent par troupeaux ;
Bientôt ils périront accablés sous leurs maux.
Peut-être que l'un deux vaincra son infortune ,
Et montrant à son maître une image importune ,
Un jour il laissera sa brillante toison
Dans le verger qui clôt sa modeste maison.

D'un terrible fléau la désolante histoire,
Echappera bientôt à ma triste mémoire ;
J'ose en croire mes vœux , les saisons désormais
Nous donneront l'espoir et leurs nombreux bienfaits;
Celle-ci nous présente un plus riant présage.
Tous nos Vers ont atteint déjà leur troisième âge.

Sous le règne adoré de l'enfant de Thémis ,
Les innocents mortels , plus simples , plus unis ,

(*) Terme qui se dit des blés et des fruits, lorsqu'après avoir été attendris par une gelée blanche, il survient un coup de soleil qui les brûle, qui les grille *(Dictionnaire de l'Académie.)*

Ignoraient l'art trompeur d'une vaine parure ;
A peine la pudeur connaissait la ceinture,
Et le sexe en filant le lin dans ses loisirs,
Bien plus que ses besoins y trouvait ses plaisirs.
Seulement dans le temple, une antique prêtresse,
D'une écharpe de soie enlaçait la Déesse ;
Elle-même savait dévider en secret,
De riches pelotons trouvés dans la forêt ;
Et seule maniant la navette sacrée ,
Tissait le beau manteau de la divine Astrée.
Sous le siècle de fer tout parut confondu :
On appela le luxe, on bannit la vertu ;
Les hommes, de leurs dieux usurpèrent l'hommage ;
On les vit, sans pudeur, revêtir leur corsage ;
Et follement outrés dans leur ambition,
Ils furent enivrés par l'adulation.
Alors pour se parer, la beauté moins pudique
Surchargea ses appas d'un habit magnifique ;
Le reptile ennobli par ses rares talens,
Le Ver, ou mieux encor le héros de mes chants,
Contenta les désirs de la magnificence.
Il n'est plus tel qu'aux jours qu'éclairait l'innocence,
Où l'arbre toujours vert, étalait enchanté,
Un fruit que ses rameaux n'avaient point enfanté;
Maintenant il retrouve en une vaste salle,
Le bonheur, sa patrie, et sa chère frugale.

Préparez le théâtre où tant d'heureux acteurs ,
Déployant leur génie, obtiendront vos faveurs.

C'est maintenant qu'il faut que votre prévoyance
Appelle à son secours les soins et la science.
Choisissez bien les lieux que vous leur destinez :
De l'aspect du couchant, ils seront détournés ;
Que des ventilateurs, de distance en distance,
Soufflent à votre gré leur utile influence ;
Ce séjour est trop froid, faites un feu léger ;
Cet air est-il mal sain ? il faut le corriger :
Brûlez du romarin les branches odorantes.
Redoutez du midi les vapeurs étouffantes.
Lisez dans vos loisirs un estimable auteur ;
Qu'il soit votre mentor, votre cher précepteur :
Malheur à qui ne va dans l'illustre Sauvage, (4)
Chercher des avis sûrs, un conseil toujours sage !
Autant vaut le rimeur qui ne peut dans Boileau,
Prendre le goût du vrai, du sublime et du beau.

Que recèlent ces murs, simples dans leur structure,
Que n'a point embellis la noble architecture ?
Quel est le souverain, maître de ce palais,
Elevé sans éclat, construit à peu de frais ?
Pénétrons à l'envi dans sa modeste enceinte :
Dans mes sens étonnés la surprise est empreinte ;
Des convives nombreux y prennent leur repas ;
Charmé, je les entends, et je ne les vois pas ;
Bonne précaution d'un directeur habile,
Qui les prive d'un jour à leur veille inutile.
Une lampe soudain par sa molle clarté,
Chasse loin de mes yeux la pâle obscurité ;

Des bras longs et noueux soutiennent la tablette
Où je vois se jouer leur sémillante tête.
Sous des brins de verdure, en un charmant gazon,
J'entrevois de leur dos le paisible aiguillon.
Elèves fortunés ! brillantes colonies !
La saison n'aura point pour vous d'intempéries ;
Vous trouvez dans ces lieux le calme, le repos ;
Vous pouvez à loisir méditer vos travaux.
Voyez vos compagnons dans cette autre retraite :
Ah ! leur félicité ne peut être parfaite ;
A chaque instant troublés sous des toits moins heureux,
Un ménage importun semble vivre avec eux.
Ici l'oisiveté que le gain désabuse,
A des jeux productifs plus noblement s'amuse :
Dans un salon doré, sous de riches lambris,
Elle introduit parfois nos insectes surpris ;
Des tableaux suspendus dans ce brillant espace,
Rappellent des héros la valeureuse audace ;
Les plaisirs des combats se tracent sur leurs fronts
Animés à l'aspect de tant de bataillons :
L'armée est dans le camp de sommeil abattue.

Mes Vers touchent enfin à leur dernière mue.
Hélas ! dans les douleurs ils paraissent languir ;
Le crêpe du trépas viendrait-il les couvrir ?
Non, non, ils sortiront de cette léthargie :
Pour triompher de toi, trop cruelle agonie,
Ils redoublent d'efforts, ils bravent tes périls ;
On les voit tour-à-tour s'entr'aider de leurs fils,

S'agiter, et briser l'enveloppe grossière
Qui serrait dans ses plis leur croupe prisonnière.
Ainsi dans le printemps un serpent tortueux,
Change de ses anneaux les replis écailleux.
De vos convalescens ménagez la faiblesse;
Combien dans cet état leur sort vous intéresse !
Leurs corps pâles et secs, tristes et languissans,
Ont paru succomber sous le poids des tourmens (5);
Bientôt avec leur faim un instant engourdie,
Renaîtra la vigueur d'une nouvelle vie,
Et foulant sous leurs pieds une funeste peau,
Ils seront revêtus du plus brillant fourreau.
Telle on voit la bergère, à son amant fidèle,
Se parer, le charmer par sa robe nouvelle.

Ils arrivent ces jours, depuis long-temps prévus,
Où naissent les soucis, les soins plus assidus.
Vous n'avez jusqu'ici, sans peines, sans alarmes,
En élevant vos Vers, éprouvé que des charmes;
Dans leur bas âge enfin, leur éducation
Fait de vos doux loisirs la récréation;
Ils ont passé ces temps, ces temps de leur jeunesse,
Où votre esprit dormait au sein de la mollesse.
Tels dans l'été brûlant, les hardis moissonneurs,
Affrontant le soleil et bravant les sueurs,
Dans les champs de Cérès portent les faux tranchantes;
Ou dans septembre encor, les fougueuses Bacchantes
Courent sur les côteaux où réside Bacchus,
Cueillent son fruit divin, en expriment le jus.

Ainsi, je vois errer la troupe fortunée,
A de plus grands travaux, sujette, condamnée,
Marchant sans discipline et non pas sans fierté :
Dans ses membres joyeux brille l'agilité.
Des pourvoyeurs chéris d'une tribu brillante,
Muse, peins dans tes vers la démarche bruyante :
L'un porte l'instrument, dont les degrés nombreux
Facilitent l'essor de ses bras vigoureux ;
Celui-là, moins chargé, suspend à sa ceinture
Son flacon enchanteur, un tablier de bure.
Le signal est donné ; déjà de toutes parts
Ils grimpent à l'envi de verdoyans remparts.
Fiers d'un si bel assaut, couronné par la gloire,
Sur le tronc du mûrier ils chantent leur victoire ;
Dans les contours de l'arbre ils se sont dispersés ;
A dépouiller son sein on les voit empressés.
La ville aérienne est livrée au pillage ;
On ravit sans remords son superbe feuillage.

Arrêtons cependant nos regards indiscrets
Sur ces dômes rians, dans ces bocages frais ;
La Dryade en ses bras, dans l'ombre et le silence,
A recueilli l'Amour, mollement le balance.
Qui croirait que Lisis, en un transport plus doux,
A marqué dans ces lieux l'heure du rendez-vous ?
Qui le croirait ? Hélas !.... le cœur sensible et tendre
Qui relit chaque jour l'histoire de Léandre,
Celui qui malheureux dans ses tristes amours,
En a vu traverser le trop pénible cours.

Lisis et Sélima s'aimaient dès leur enfance ;
Dans un lien charmant mettant leur espérance,
Ils attendaient l'instant où des parens chéris
Réuniraient leurs cœurs par l'hymen assortis.
Le père de Lisis était un père avide,
N'écoutant que la voix de l'intérêt sordide,
Frémissant aux doux noms de vertu, de beauté,
Quand ils étaient suivis du nom de pauvreté.
A ce cœur endurci, ces entrailles de roche,
Un fils s'est confié. Le plus sanglant reproche
En est d'abord le prix..... Puis, triste surveillant,
Un père trop avare épie un tendre amant.
L'Amour toujours se rit d'un Argus trop sévère.
Lisis conçoit, médite, un projet téméraire ;
Il a vu Sélima qui courbait sous le faix
Un front que la pudeur colorait de ses traits.
Demain, dit-il, caché sous la branche touffue,
Je saurai rassurer mon amie éperdue,
Exprimer à son cœur l'ardeur que je ressens,
M'assurer de ses vœux, redire mes sermens.
Muet et transporté, dans sa joie amoureuse,
Il attend ton réveil, aurore paresseuse :
Hâte-toi, viens, parais ; que tes timides feux
Servent ceux d'un amant sensible et malheureux.
Mais que dis-je ? plutôt d'une fatale ivresse,
Sors, couple infortuné pour qui je crains sans cesse ;
Vous parlez du bonheur, la mort est sous vos pas ;
Retenez vos transports, ou craignez le trépas.
Faut-il, pour modérer votre brûlante flamme,

Vous apprendre le sort du fidèle Pyrame?
De la tendre Thisbé? L'arbre qui vous entend,
Rougit son fruit pourpré, du plus pur de leur sang....
Mais plus heureux enfin, Lisis et son amante,
Goutèrent les douceurs d'une union touchante,
Et portèrent long-temps un hommage pieux
Au fidèle témoin de leurs premiers aveux.
Laissons-là Cithérée et son touchant mystère.

En ses jeux, la Gaieté du tendre Amour diffère.
L'heureuse Indifférence est mère des Plaisirs :
Ennemie à la fois des pleurs et des soupirs,
Elle trouve partout l'objet de ses tendresses ;
Elle prodigue à tout ses transports, ses caresses ;
Charmante en ses loisirs, folâtre en ses travaux,
Elle inspire la joie, enfante les bons mots.
Recherchant la hauteur d'un dangereux branchage,
Elle insulte au vieillard appesanti par l'âge ;
Faisant pleuvoir sur lui des rameaux verdoyans,
L'hiver paraît vêtu des habits du printemps.
On ne voit point ici cette voûte secrète,
Des nouveaux Céladons solitude discrète ;
O Dryade ! tes bras dépouillés et honteux,
Ne s'entrelacent plus dans leurs tours sinueux.
L'Amour n'énerve point ici la vigilance ;
On rit de son caprice, on rit de sa constance.
Le mûrier, dans ces lieux, ne voit point ses rameaux
En myrtes transformés, habitans de Paphos.
Seule, une branche encor présentait un asile

A l'oiseau qui s'enfuit de sa feuille mobile.
Tous les yeux à l'instant fixés sur cet endroit,
Paraissent méditer quelque éclatant exploit.
Nos braves champions d'un même accord s'élancent,
Vers le but desiré tour-à-tour ils s'avancent;
Loin de le voir encore ils le touchent des mains !
Barbares ! arrêtez vos transports inhumains;
Laissez ces nourrissons à la plus tendre mère;
Contemplez sa douleur : elle se désespère,
Fuit, s'agite, revient, pleure, crie et gémit;
Leur répond, les appelle, et son regard les suit.
La caravane enfin, contente, satisfaite,
Vers le gîte chemine, emportant sa conquête.
Non, vous n'étiez pas nés pour des goûts si pervers,
Agiles serviteurs de mes utiles Vers.

Voilà que sous les plis d'une toile grossière,
Serrée étroitement, la feuille nourricière,
Sous un soleil ardent entassée en monceaux,
D'un ferment destructeur recèle les fléaux.
Craignez les sucs mortels d'une sève infectée;
Eloignez de vos Vers cette amorce empestée.
Tel on voit près du port un navire arrêté,
Sur son ancre dormant mollement agité,
Avant de nous porter ses trésors, l'abondance,
Satisfaire aux arrêts qu'a dictés la prudence.
Le feuillage cueilli, d'abord tapissera,
Un sol, où la fraîcheur toujours habitera.
J'aime à voir devant moi cette mer de verdure;

Agitez sa surface, excitez son murmure.
Que les zéphyrs légers, pour la dernière fois,
Caressent dans leur vol la dépouille des bois.

Profitez de l'instant où la troupe chérie
Paît les sucs nourriciers de cette autre prairie ;
Vos hôtes, enlevés sur leurs savoureux méts,
Seront pour un moment et souffrans et distraits ;
Mais, il est avant tout une règle première
Qui dit de leur ôter une infecte litière :
Elle exhale la mort. Qu'elle aille dans les champs
De Flore ou de Vertumne, animer les enfans.
Vos élèves alors recevront sans mesure
Les secours abondans qu'offre la nourriture.
Loin cet original qui, les faisant jeûner,
A marqué leurs repas : d'abord c'est le dîner ;
Le souper vient après. Stupide personnage,
Doit-il attendre d'eux un brillant héritage ?
Mais il est d'autres soins. Perdent-ils l'appétit ?
Qu'un acide piquant réveille leur esprit.
Sont-ils trop resserrés ? Préparez-leur de suite
Un banquet spacieux : mieux que le parasite
Ils doivent l'occuper. Surtout de la chaleur
Evitez ou domptez la brûlante fureur.
Que tantôt l'art vous aide, et tantôt la nature.

Vos convives déjà dédaignent leur pâture ;
Aux longs bruissemens, aux bruits tumultueux
Que commande à leurs sens un goût impérieux,

3

Le silence succède. Une ardeur inquiète
Les porte à rechercher une heureuse retraite.
O mystère charmant, tu vas donc t'accomplir !
Le Ver, dans son tombeau cherche à s'ensevelir.
Il naît, travaille, meurt ; bientôt il ressuscite.
L'homme, dans son destin, lui ressemble, l'imite.
Je le vois cependant, je le contemple encor (6) :
Il est tout lumineux, il étincelle d'or ;
Plus brillant mille fois que le ver admirable
Qui dissipe des nuits l'horreur impénétrable.

FIN DU PREMIER CHANT.

CHANT DEUXIEME.

Qui peut, sans être ému des plus doux sentimens,
Contempler ici-bas les êtres différens
Qu'un Dieu, dans sa bonté, soumit aux mains de l'homme?
Qu'ils sont grands les desseins du divin Econome !
Le reptile qui semble abject à tous les yeux,
De ses travaux peut-être est le plus merveilleux.
Toutefois une Muse, en sa reconnaissance,
Distinguant les bienfaits que l'immortel dispense,
Consacre ses accords au frêle nourrisson,
Qui tous les ans nous donne une riche toison.
L'abeille plus heureuse, en des chants qu'on révère,
Vit ses travaux décrits par l'émule d'Homère.
Insectes précieux, fameux par vos talents,
Embellissez l'autel de superbes présents :
Vos dons l'ont décoré d'un assemblage rare.
Celui-là l'illumine et celui-ci le pare ;
L'un présente au palais un mets délicieux,
L'autre revêt le corps, de ses produits soyeux ;
Le miel charme le goût, la soie est d'âge en âge
Le prix de l'industrie et son plus bel ouvrage.
Comme le doux zéphyr, l'abeille le matin,
Voltige sur la fleur, lui ravit son carmin,
Le pétrit, le façonne, en sa grotte dépose
Le butin enlevé sur le lis ou la rose ;

Mais le Ver plus discret, paisible en son réduit,
Dédaigne de goûter et la fleur et le fruit.
N'imitant point ici l'insecte qui bourdonne,
La feuille lui fournit l'or pur de sa couronne :
Tandis qu'un novateur, trompé dans ses projets,
Cherche à le composer dans ses ardents creusets,
L'animal que je chante, habile, heureux artiste,
Est le seul véritable et savant alchimiste.

Pour modeler son œuvre, industrieux ouvrier,
Il n'a point l'attirail d'un splendide atelier ;
Pourtant, il va tracer, seul avec son génie,
Des contours les plus purs l'élégante harmonie.
Vous même façonnez dans vos distractions
La branche où vous verrez suspendus vos cocons.
Qu'elle soit avec soin dès long-temps préparée :
Des forêts de Palès vous franchissez l'entrée ;
Tracez, la serpe en main, des sentiers sinueux ;
Émondez de ce pin les membres tortueux ;
Sur ces verts arbrisseaux que votre fer s'émousse,
Et dépouillez ce chêne aux pieds rongés de mousse,
Qui vit de sang humain le Druide altéré
Sur son tronc verdissant cueillir le gui sacré.
Passez des bois touffus aux collines riantes ;
Elles vous livreront leurs plantes odorantes.
Tout peut servir d'appui, de solides soutiens,
Au léger monument, construit sur des liens,
Artistement couvert d'un magnifique dôme,
Coloré de vermeil, cimenté par la gomme.

Imitez l'art charmant d'arrondir en berceaux
Les planes, les tilleuls, les vignes, les ormeaux ;
De planter de bosquets une modeste rive.
J'aime surtout tes lois, lointaine perspective ;
Oui, déjà la tablette où le Ver se nourrit,
Changée en un jardin, par elle s'embellit.
Créez, en vous jouant, ces belles promenades
Que ne baigneront pas les humides Naïades ;
Qu'en arceaux recourbés, les rameaux orgueilleux
Forment le doux abri de l'insecte soyeux.
Il faut pour le capter plus de soins qu'on ne doute ;
Cette tige lui plaît, cette autre il la redoute.
Sur ses forces sachez mesurer leur hauteur ;
D'un pénible trajet, abrégez la longueur.
Voulez-vous voir monter vos ouvriers par bandes :
Que le thym parfumé borde vos plates-bandes ;
Bientôt, apercevant sous la feuille un cocon,
Vous croirez de la rose admirer le bouton. (7)
Réservez vos secours aux nourrissons debiles,
Transportez le malade, aidez les moins agiles ;
Que perchés sur l'arbuste, il ne leur reste plus
Qu'à bâtir les donjons qui les rendront reclus.
Variez en ramant les formes des branchages ;
N'alignez pas toujours les enfants des bocages.
Voyez ce labyrinthe et ses sombres détours :
Une nymphe se plaît dans ses secrets contours,
Et s'attachant au fil que sa bouche dévide,
Sans périls s'y promène, et sans crainte se guide.

Mais en vain vous ceindrez de festons élégants,
Les bords de la tablette où vos Vers sont errants,
Si leur jeunesse, en proie à des mains mercenaires,
N'a pas été l'objet des secours tutélaires.
Qui pourrait, sans frémir, rappeler les fléaux
Dont parfois sont atteints leurs immenses troupeaux,
Au fortuné moment où votre âme attendrie
Croit les voir s'élever sur la tige embellie ?
Dirai-je la jaunisse et ses tristes accès,
La pâle hydropisie et ses cruels effets ?
Le Ver qui, tourmenté d'un funeste délire,
Monte sur l'arbrisseau, dans les douleurs expire ?
Celui qui, dévoré d'un poison plus subtil,
Par l'inhumaine Parque a vu trancher son fil ?
Contre tant de dangers il reste une ressource ;
Il en est temps encor : trempez dans cette source
Le Ver qui, rafraîchi par de limpides eaux,
Dans un autre Léthé vient d'oublier ses maux.

L'architecte doué d'une santé brillante,
Ne vous laissera pas dans une triste attente ;
S'étant déjà glissé sur les jeunes rameaux,
Il commence à l'instant ses pénibles travaux,
Monte, descend, remonte, examine, mesure,
Trace de son cocon la charmante structure ;
Et pour l'intérieur réservant son trésor,
Pour nous donner beaucoup nous donne peu d'abord.
Sans relâche il travaille à son superbe ouvrage ;
On l'entrevoit encor sous un léger nuage ;

Semblable à la beauté, qui d'un monde trompeur
Fuit le séjour bruyant, le souffle corrupteur.
Il nous fait ses adieux. Bientôt plus insensible,
Il semble traverser l'élément invisible ;
Et d'un globe brillant conducteur orgueilleux,
Paraît jeter sur nous des regards dédaigneux.
Mais que dis-je ? pour nous se formant des entraves,
La chenille se met au nombre des esclaves ;
Où des antiques rois suivant le noble orgueil,
Seule elle est immortelle et vit dans son cercueil.
Un exemple si grand est-il inimitable ?
Loin de nous Arachné, dont la rage implacable
S'assouvit de carnage en son repaire affreux ! (8)
Redoutez toutefois un accord dangereux :
Deux Vers qu'a rassemblés une amitié fidèle,
S'éloignant du bon goût et suivant un faux zèle,
S'unissent pour construire un informe cocon.

Délassez-vous, enfin ; que votre attention
Librement se repose. En votre heureuse enceinte,
Vous n'êtes plus ému d'espérance ou de crainte ;
Tout vous a réussi. Commencez de jouir
Des fruits qui sous vos yeux s'empressent de mûrir.
Le riche appartement où votre vigilance
Des mains de la fortune attend sa récompense,
Sera votre demeure en ces jours fortunés.
Par qui ces murs sont-ils de guirlandes ornés ?
Quel art a suspendu sous ces nombreux portiques,
Ces festons nuancés par des reflets magiques ?

Reconnaissons ici les dons d'un bienfaiteur.

Toutefois accueillez au foyer protecteur,
Ces parents, ces amis dont l'esprit s'émerveille,
Et qui de doux propos caressant votre oreille,
Brûlent un grain d'encens à votre vanité.
L'un palpe vos cocons, en vante la bonté ;
Celui-ci généreux, calculant en silence,
Va bercer vos désirs d'une récolte immense.
D'un sourire modeste affectant la douceur,
Sans morgue, donnez-vous dans un récit flatteur,
La gloire méritée à la sollicitude.
Racontez les dangers, les soins, l'inquiétude,
Qui tenaient tour-à-tour votre esprit en suspens,
Alors que le succès cheminait à pas lents.
Mais riez-vous aussi du jeune téméraire
Qui voudrait, soulevant le voile du mystère,
Un Barème à la main contester vos succès ;
Laissez-le supputer en un jaloux accès,
Avant l'éclosion quel trésor d'espérance
Fit sous son poids fécond pencher votre balance.
Du plaisant, du railleur, ne craignez point les traits,
Et qu'ils ne percent point dans de profonds secrets.
Prenez, si vous voulez, une douce vengeance ;
Retenez l'indiscret pour le jour qui s'avance,
Où vous devez cueillir sur le chêne touffu,
Le cocon, ou plutôt le prix qui vous est dû.

Pressé par le besoin d'une faim meurtrière,
Un féroce animal sortant de sa tannière,

Souvent vient dévorer, dans son réduit doré,
Un insecte paisible, à ses travaux livré.
Sachez le protéger, et qu'une main amie
Défende hardiment l'asile du génie.
N'allez pas imiter l'imbécille chasseur,
Dont le tube enflammé perce dans sa fureur
Un monstre, et quelquefois de jeunes chrysalides.
Un dragon doit garder l'or de ces Hespérides.
Auprès de lui placez l'ami de vos foyers,
Celui qui, parcourant les toits hospitaliers,
Leste, souple, rusé, charmant dans sa jeunesse,
Sait divertir l'enfance, amuser la vieillesse.
Vous l'avez adopté pour votre défenseur,
Il attend, embusqué, le cruel ravisseur,
L'attrape..... le promène... et doublant son supplice,
Le montre à tous les yeux, charmés de son service.

Mais de plus doux pensers, un tableau séduisant,
Réveilleront en vous un autre sentiment.
L'heure approche où bientôt prodiguant ses richesses,
Plutus tiendra pour vous ses brillantes promesses.
Ah! ne vous pressez pas de vouloir recueillir
Les dons que le destin ne peut plus vous ravir.
Songez qu'en sa cellule un simple anachorète
File, jeûne pour vous, embellit sa retraite.
Que pourriez-vous gagner par des soins trop pressants?
D'avides acheteurs aux regards méprisants
N'offriraient qu'un vil prix d'un imparfait ouvrage!
La promptitude est sotte, un retard n'est pas sage.

J'aime le Ver à Soie et crains le papillon :
Prévenez, sans tarder, sa résurrection ;
Et livrant vos cocons aux fileuses folâtres,
Lancez-les pour jamais sur de plus beaux théâtres.

Une autre voix dira sur des tons plus hardis,
L'utile filature et ses soins infinis ;
Dépeindra la jeunesse habile, vigilante,
Levée avant le jour, de chaleur haletante,
Attisant d'un fourneau les charbons trop tardifs ;
Ou bien pourra décrire en vers imitatifs ,
Le cercle d'or tracé par la rapide roue ;
Le cocon dévidé , qui dans les eaux se joue ;
La beauté qui filant, dans sa stoïque ardeur ,
Brave trois éléments , se rit de leur fureur.
Pour moi, content d'avoir avec un luth timide,
Dans sa captivité montré la chrysalide ;
Je n'ai plus qu'à chanter l'instant délicieux
Où l'arbuste humblement livre son fruit soyeux.
Muse , pour cet effort, soutiens ma voix débile.

Au milieu des hameaux, dans les champs, à la ville,
Une fête charmante occupe , réjouit,
Le travail l'accompagne , et le plaisir la suit;
Mais, seuls les jeux naïfs composent son escorte.
Sous ces toits fortunés mon esprit se transporte ;
Là nous sommes assis pour cueillir le cocons
Qui dans l'osier tressé tombent à gros flocons.   [ble)
Jeune ou vieux , riche ou pauvre , en ce jour mémora-
Tous ont même labeur , tout rang est honorable.

Et l'opulent bourgeois et l'humble laboureur,
D'un bosquet enchanté semblent ravir la fleur.
Et d'abord, on élit d'une voix unanime,
Celui qui revêtu d'un pouvoir légitime,
A chacun doit donner sa tâche, son emploi,
Et dont tous les avis auront force de loi.
A ce distributeur, l'amour, ce doux génie,
Inspire les soucis de la galanterie ;
De la beauté craintive il ménage les mains,
Et ne lui livre pas ces rameaux inhumains
Dont les dards acérés et la tige piquante,
Traceraient sur l'albâtre une marque sanglante.
La facile bruyère offre un charmant bouquet ;
Elle le prend d'un geste agaçant et coquet,
Laissant aux soins prudents d'une main plus nerveuse,
De sonder les replis de la branche épineuse.

Mais des Heures déjà tous les pas sont comptés,
Allez, en invoquant les jeunes déités,
Sur l'autel de Comus offrir des sacrifices ;
Que les ris et les chants vous les rendent propices,
Et vos libations verseront en vos sens
Le désir d'achever vos travaux renaissants.
Déjà du troubadour la romance chérie,
Porte dans tous les cœurs la douce rêverie.
L'assemblée attentive écoute en frémissant
Ce Barde, écho plaintif des malheurs d'un amant.
Redoutez les accords d'une vieille sirène
Qui sur un ton pleureur en chevrottant se traîne :

Morphée avec l'ennui répondent à ses sons.
Pour plaire, pour charmer, n'est-il que des chansons?
Il est des traits heureux, une naïve histoire,
Qu'on écoute avec fruit, que l'on conte avec gloire.
Non que j'approuve ici ces grossiers orateurs,
Qui rappellent des faits dont ils sont inventeurs ;
Et, lorsqu'on s'entretient des champs ou de la ville,
Citent une anecdote insipide ou futile.
Les interroge-t-on sur l'antique château
Dont les pompeux débris couronnent ce côteau ?
L'un commence un récit que l'autre voudrait faire ;
Mais celui-ci le tient du père de son père ;
Il a seul la parole : il raconte comment
Le sorcier du canton rôde en ce monument.
L'incrédule Damon a ri de l'imposture,
Et place dans ces lieux une heureuse aventure ;
Son esprit mieux orné sait narrer à propos
L'histoire du mûrier et celle d'un héros :

« Les murs que vous voyez dominer ces collines,
N'ont pas toujours offert de gothiques ruines.
Il fut un temps, dit-il, où le pâtre indigent
Respectait de ces tours le faîte menaçant.
Alphonse, en ce château, paisible, sans ombrage,
D'un père bienfaisant offrait la douce image ;
Ses vassaux empressés le payaient à leur tour
De leur fidélité, d'un filial amour.
Un bien encore plus cher faisait sa jouissance :
Il avait une fille.... il adorait Clémence.

Elle le consola du malheur imprévu
Qui ravit sa compagne à son cœur éperdu.
A son aimable enfant il redisait sans cesse
Ses hauts faits, ses exploits, gloire de sa jeunesse;
Et soufflant dans son âme un sentiment guerrier,
Il voulait la former comme un preux chevalier.
Clémence à ces pensers ne put jamais répondre.

Alphonse voyait donc ses projets se confondre.
Imitant ses vertus et dédaignant ses jeux,
Sa fille s'élevait et croissait sous ses yeux.
Elle atteignait cet âge où l'amour ne nous laisse
Que le choix du lien : Raimond eut sa tendresse.
Raimond, jeune, charmant, dans cet heureux séjour,
Conduit par l'amitié, l'est bientôt par l'amour.
Qui n'eût pas ressenti son amoureuse atteinte ?
Belle sans le savoir, et sensible sans feinte,
Son amante unissait aux sentiments du cœur,
La beauté, qui souvent n'est qu'un voile trompeur.
Se montrant quelquefois dans les danses légères
Des bergers amoureux, des naïves bergères,
Elle imitait leurs pas.... on la voyait rougir :
Tantôt c'était la rose et tantôt le zéphyr.
Couvert de son écu, défendu par sa lance,
Alphonse se plaisait à surprendre Clémence,
Lui faisait admirer son antique baudrier,
Sa cuirasse, son casque et son brillant cimier.

Le vaillant châtelain ne pouvant introduire
Dans le cœur de Clémence un belliqueux délire,

A changé de desseins, réformé ses projets,
Et pense que l'hymen comblera ses souhaits.
L'époux qu'il veut choisir pour sa fille chérie,
Doit s'être distingué dans la chevalerie;
Avoir dans maints combats arraché le laurier,
Secouru l'orphelin en digne chevalier.
Se lassant à former sa timide amazone,
Il veut devoir un fils à la fière Bellone.
Il agit en silence..... il garde ses secrets;
D'un tournoi magnifique il a fait les apprêts;
Apprend.... publie au loin quel sera le partage
Du vainqueur qu'éliront l'adresse et le courage.

Déjà maints chevaliers viennent se présenter
Pour obtenir Clémence, ou pour la disputer;
Et ressentant l'ardeur d'une naissante flamme,
Tous voudraient l'appeler ou leur *mie,* ou leur *Dame.*
Ses grâces, sa beauté, son souris, sa candeur,
Avaient au loin porté son portrait enchanteur.
Le site où vous voyez se produire la ronce,
Etait l'endroit marqué par le galant Alphonse,
Pour les joûtes, les jeux. C'était dans cet enclos
Que la gloire et l'amour emmenaient leurs héros.
On avait du tournoi le plus heureux présage;
L'air était pur, serein, et le ciel sans nuage;
Le soleil radieux enflammait les brillants,
D'un luxe ingénieux superbes ornements,
Que de fiers champions étalaient sur leurs têtes,
Ils attendaient encor l'objet de leurs conquêtes,

Lorsqu'un vieillard ému paraît... de toutes parts
Sur Clémence, sur lui, se jettent les regards.
L'espérance, la joie, annoncent leur entrée.

Clémence toutefois, négligemment parée,
Ne savait que penser du concours de héros,
Qui montés fièrement sur de lestes chevaux,
Retraçaient à l'envi son nom dans leurs devises.
Son père la tira de ses douces surprises :
Elle apprend que des jeux elle sera le prix,
Qu'un autre que Raimond.... ah ! son cœur trop épris,
Tressaille à ses pensers. Soudain elle s'avance ;
Par son ordre un hérault fait régner le silence :
» O vous qui prétendez à l'honneur des combats,
» Dit-elle, n'allez point pour de faibles appas,
» Vous porter mille coups, exposer votre vie ;
» Conservez-la plutôt pour servir la patrie !
» Les bras ensanglantés, un vainqueur inhumain
» Ne recevra jamais ni mon cœur ni ma main.
» D'un sentiment plus doux contentez l'innocence :
» Offrez-moi quelque don et non tant de vaillance.
» A la rare beauté d'un tissu précieux,
» Que pourra m'apporter un ami généreux,
» Je saurai reconnaître une ardeur sans égale,
» Et ce gage sera ma robe nuptiale ! »
Elle dit, s'éclipsant aux yeux du spectateur,
Pour la première fois pénétré de terreur,

Aussitôt tout se tait : le lugubre silence
De ces fiers poursuivants accoudés sur leur lance,

Semble accuser Alphonse... Ah ! soupçons outrageux,
Deviez-vous accabler un père malheureux ?
Des rivaux empressés l'amoureuse constance,
Malgré ce trait honteux, idolâtre Clémence ;
Et tous obéissants jurent d'aller chercher
Sur des bords inconnus un bien, hélas ! trop cher.
Avec peine, Raimond se calme, se modère ;
Comme ses compagnons il hausse sa visière ;
Il voit en frémissant les défis singuliers
Qu'une amante propose à ses transports altiers.
Son bras mieux secondé par sa noble furie,
Eût dompté ses rivaux et conquis son amie ;
Peut-être qu'agréé du sort capricieux,
Un inconnu sera moins aimé, plus heureux.

» Guidé par le chagrin, il porte en Italie
Son amour, son espoir et sa mélancolie.
Au berceau des beaux arts, Raimond, tu trouveras
Le gage désiré, digne de tant d'appas.
Dans sa course d'abord il maudit la fortune,
Court en vain les cités, et sa bouche importune
Demande à l'ouvrier un ouvrage parfait,
Dont l'ensemble réponde à son tendre souhait.
Il cherche vainement une étoffe éclatante,
Qui puisse contenter les vœux de son amante.

» Un matin, cependant, l'amoureux chevalier,
Se laissant entraîner au gré de son coursier,
Entre dans un vallon. Dans sa marche nouvelle,

Chaque objet lui paraît d'une forme plus belle ;
De suaves parfums circulent dans les airs ;
Les chantres des forêts répètent leurs concerts ;
Des arbres inconnus étalent leur feuillage ;
Tout s'anime, tout rit. Raimond, d'un doux présage,
Flatte encore son cœur ; il avance en ces lieux :
Tout-à-coup il découvre un palais merveilleux.
Des mûriers enlacés formaient ses avenues,
Et d'autres couronnaient son faîte dans les nues.
Interdit.... il s'arrête. Un doux enchantement
Porte dans ses esprits un doux frémissement.
En vain il voudrait fuir.... Une beauté modeste
L'invite à s'approcher de la voix et du geste.
Il accourt.... et bientôt dans l'asile enchanteur,
De l'hospitalité goûte en paix la douceur.

» Osminde, en ce séjour, déité souveraine,
Vivait comme une fée et commandait en reine.
L'illustre enchanteresse avait quitté les bords
Qu'elle avait enrichis long-temps par ses trésors :
L'Inde gémit encor de sa cruelle absence.
De dispenser la soie, Osminde a la puissance.
De son palais, caché dans le fond des déserts,
Elle sait embellir et charmer l'univers.
Raimond, avec respect, aborde l'immortelle,
Lui conte ses ennuis. « Rassure-toi, dit-elle,
» Tes malheurs sont finis ; va, cesse tes soupirs :
» Tu recevras bientôt l'objet de tes désirs.

» Observe, en attendant, la splendeur de mon trône,
» Et contemple à loisir l'éclat qui m'environne. »
    » Le chevalier français porte un regard surpris
Snr des brocards dorés, sur de brillans tapis.
Les nymphes qui formaient la cour de la déesse,
Du velours, du damas lui font voir la richesse;
Tandis que, plus distrait, le chevalier galant
Contemple sur leurs corps le taffetas charmant,
Et l'étoffe dont Tours inventa la nuance;
Admire celle encor que nous transmet Florence :
Dans son enthousiasme, il ne peut s'empêcher
De ses furtives mains parfois de les toucher.
Osminde, interrompant sa douce rêverie,
Lui promet que bientôt il verra sa patrie
Accepter de son art les dons industrieux;
Que lui-même sera le héros généreux,
Ministre de ses soins, de sa munificence.
De son profond savoir Raimond a connaissance,
Prend le grain fécondé qui cache un animal,
Et celui qui recèle un vaste végétal.
Sa bienfaitrice joint à ce présent magique
Un tissu de satin, brillant et magnifique,
Qui bientôt vêtira dans ses plis ondoyans,
L'objet de son ardeur, de ses transports touchans.
Son cœur paie un tribut à la reconnaissance.

    » Raimond impatient, part, et retourne en France;
Il a fait ses adieux.... Aux mains du chevalier
Osminde a confié son plus jeune mûrier :

Son tronc vert et poli promet un beau feuillage ;
Cultivé par l'amour il croîtra davantage.
Au séjour qu'il chérit, Raimond a rencontré
De nombreux concurrens : par l'espoir enivré,
De la laine apportant la douce draperie,
L'un croit être agréé ; de la fortune amie
L'autre croit mériter la plus tendre faveur :
Dans un voile de lin il a mis son bonheur.
Chimérique projet ! inutile espérance !
Le présent de Raimond déjà fixe Clémence...
On pâlit... on s'étonne en voyant le satin,
Et sa beauté lui fait pardonner son destin.
Quel cœur ressentirait la noire jalousie ?

» Le jour arrive, enfin, de la cérémonie,
Où l'hymen unissant Clémence à son époux,
Embellit leur bonheur des plaisirs les plus doux.
Le ministre de Dieu les bénit dans son temple ;
Alors qu'avec respect la foule les contemple,
On accourt, on s'empresse.... Un cortège nombreux
Va planter le mûrier sur un sol plus heureux.
Mais quel luxe élégant préside à cette fête ?
Sous les doigts du berger s'anime la musette ;
Sa compagne chérie a déjà ceint son front
Des rubans qu'apporta le fortuné Raimond ;
Des hymnes sont chantés, et l'écho des montagnes
Les répétant au loin, fait parler les campagnes.
Il n'est plus de rivaux.... Le jeune laboureur,
A côté du guerrier sent palpiter son cœur ;

Clémence tient le bras de l'époux qu'elle adore :
On croit, en la voyant, apercevoir l'Aurore...
Son habit resplendit de brillantes couleurs.
On dit qu'Alphonse seul ne vit qu'avec douleurs,
Ces plaisirs sans dangers et ces jeux sans noblesse,
Indignes des héros, et marques de faiblesse.

» Sur un tertre charmant on planta le mûrier,
Qui, bravant des hivers le souffle meurtrier,
Survécut aux époux, dont le nom respectable
Doit être dans ces lieux à jamais mémorable.
On aperçoit encore au bas de nos vallons,
De l'arbre renommé les nobles rejetons. »

Ainsi parla Damon, et finit son histoire,
Qui d'un tendre intérêt toucha tout l'auditoire :
Elle enchanta les cœurs ; mais ne retenant pas
Des auditeurs charmés les efforts ni les bras,
Bientôt l'ouvrage manque, et l'ouvrier docile »
Voit ses travaux finis, son ardeur inutile.
Un rameau seul restait, l'ornement de ces lieux ;
Ah ! qui dépouillerait son sein majestueux ?
Aux mœurs de vos aïeux soyez toujours fidèle ;
Allez le consacrer à l'antique chapelle,
Demeure du Très-haut, du maître des saisons,
Des fleurs, des fruits, de l'or, des rubis, des cocons.

FIN DU SECOND ET DERNIER CHANT.

NOTES.

HISTOIRE NATURELLE DU VER A SOIE.

(1) Geoffroi, dans son Histoire abrégée des Insectes, place le papillon du Ver à Soie dans la troisième section des insectes à quatre ailes savineuses, sans trompe, et dont les antennes en forme de peigne vont en décroissant depuis la base jusqu'à l'extrémité. La chenille de ce papillon est à peau rase, et elle se forme en chrysalide dans une coque formée de sa substance.

La chenille, ou larve du Ver à Soie, a la tête formée par deux espèces de calottes sphériques, dures, écailleuses, sur lesquelles on remarque des points noirs. Ces deux calottes sont les yeux de l'insecte. Sa bouche est placée à la partie antérieure de la tête : elle est armée de deux fortes mâchoires qui lui servent à ronger les feuilles. A la lèvre inférieure, on voit un petit trou, qui est la filière d'où sort le brin de soie qui forme le cocon.

Lorsque le Ver sort de la coque, sa couleur est cendrée, et quelquefois d'un rouge-brun tirant sur le noir. Après la première mue, cette couleur s'éclaircit et devient d'un blanc jaunâtre. Ce Ver a neuf anneaux; le dernier est l'anus, ou l'ouverture par laquelle l'insecte rend ses excrémens. Chaque anneau est marqué, sur les côtés, d'une tache de couleur plus foncée que celle de la peau; elle est en forme de boutonnière, et présente une ouverture ou trachée, par laquelle l'insecte respire. On nomme ces ouvertures *stigmates*. Ce nombre d'ouvertures destinées à la respiration, prouve combien le Ver à Soie a besoin de respirer.

Les six premières pattes sont exactement les enveloppes de celles que le papillon aura : elles sont écailleuses et attachées aux trois premiers anneaux; les autres sont membraneuses et resteront dans la dépouille de la chrysalide.

(Cours complet d'Agriculture, rédigé par l'abbé Rosier.*)*

Cet insecte (Ver à Soie originaire de la Chine) travaille avec un art admirable , et fournit la matière de nos brillantes étoffes. Très-bien naturalisé dans nos départemens méridionaux , on parvient avec des soins à l'élever dans les pays du nord. On observe sur cette chenille , ainsi que sur toutes les autres , les stigmates en forme de boutonnière , organes de la respiration , placés sur les côtés. Les petits grains noirs placés sur sa tête sont ses yeux. Si l'on porte un œil curieux dans l'intérieur du Ver à Soie , on reconnaît que la nature donne la vie de mille manières diverses. Le cœur est un vaisseau couché tout le long du corps , depuis la tête jusqu'à l'anus. Les flots de sang ou de la liqueur qui en tient lieu , circulent de la queue à la tête. On n'a pas encore découvert de veines qui la rapportent au cœur. Le sang paraît n'être agité que par un mouvement péristaltique. Les réservoirs qui contiennent la matière de la soie, sont deux, jaunâtres ; ils se replient avec des sinuosités sur le dos, et viennent aboutir à la tête , où est le mamelon qui sert de filière. En mettant la chenille pendant deux ou trois jours dans l'esprit-de-vin , on distingue aisément ces vaisseaux. Il acquiert de la consistance. Par quelle merveille le suc des feuilles de mûrier , l'extrait des alimens , se convertit-il en matière soyeuse ? A l'instant où le Ver file , la liqueur est fluide ; aussitôt qu'elle prend l'air, elle se dessèche ; dès ce moment, elle ne peut plus être ramollie par l'eau et la chaleur ; c'est un fil soyeux. Cette matière de la soie réunit toutes les qualités des vernis : dissoute dans l'eau chaude, étendue sur le papier , elle y forme un beau vernis jaunâtre. Cette observation pourrait donner l'idée de filer des vernis. Une multitude de grosses chenilles qui abondent en matière soyeuse, et n'en font presque pas d'usage , se contentant de se suspendre pendant leur métamorphose à un fil de soie, pourrait peut-être fournir, ou des vernis, ou des fils propres à fabriquer des étoffes, ou servir à d'autres usages, etc. (*Dictionnaire abrégé d'Histoire naturelle.*)

(2) Les contrées méridionales, où la végétation est plus précoce, redoutent plus que les autres, les effets désastreux des gelées blanches. Chaque année, il y en a de partielles ; mais c'est lorsqu'elles ont lieu au milieu du printemps, que le désespoir est au comble chez les malheureux cultivateurs et propriétaires qui voient anéantir toutes leurs espérances de récolte.

(3) La soie qu'on recueille à la Chine est plus grossière que la nôtre, parce qu'elle se fait à la campagne, dans les champs mêmes où sont les mûriers. On y a une si grande quantité de Vers, qu'on ne peut pas les faire travailler tous dans les maisons. Lorsque les Vers sont éclos, les Chinois voient combien un mûrier en peut nourrir; et selon ce qu'ils jugent, ils en font échaler : cela fait, ils ne se mettent en peine que d'aller recueillir la soie, quand les Vers l'ont fabriquée. Leurs œufs, ou graines, sont beaucoup plus gros que ceux de ce pays-ci. C'est une chose agréable à voir que leurs mûriers : on croirait de loin qu'ils portent des abricots. (Extrait *de la Maison Rustique*).

(4) Sauvage était, à cette époque, le meilleur guide des magnaniers. Aujourd'hui, Dandolo a fait faire un grand pas à l'art d'élever les Vers à Soie ; aussi l'auteur ne se pique point dans son ouvrage de donner des préceptes ; il a voulu seulement réunir, sous une forme didactique, les premières règles de la science séricicole.

(5) La Chenille ou le Ver à Soie, éprouve quatre maladies qu'on nomme *mues*, parce qu'il se dépouille de sa peau ; ces mues sont des époques critiques, pendant lesquelles l'insecte souffre. Après la dernière, il fait son cocon, s'y transforme en chrysalide, et en sort ensuite sous la forme de papillon. Voici la description du mécanisme de la mue, d'après les observations de M. de Sauvage :

« La mue, qui fait la séparation de l'âge du Ver à Soie, n'est pas un sommeil ou un temps de repos ; c'est un état de langueur et d'un travail pénible : il s'agit de se dépouiller d'une surpeau, qui, ne croissant pas comme le Ver, commence à le gêner, et ne saurait enfin le contenir plus long-temps. Il y va de sa vie, s'il ne peut en venir à bout. Cet état revient six fois pendant la vie du Ver ; quatre avant de filer, et deux au-dedans du cocon. Il en vient chaque fois à ce terme, dans des intervalles plus ou moins longs, selon qu'il est plus ou moins hâté pour prendre la mesure d'alimens nécessaire à l'accroissement de chaque âge.

» Le Ver à Soie travaille à se dépouiller ou à muer d'abord après la frèze. La révolution qui commence à s'opérer sous sa peau, lui ôte peu-à-peu l'envie et le pouvoir de manger et de marcher. Dès qu'on s'en aperçoit, il faut retrancher la dose des repas, qui ne servirait qu'à épaissir la litière. Enfin, lorsque ses dents ne peuvent plus agir, il cesse tout-à-coup de manger. Ceux qui sont au voisinage du bord des claies, ou de quelqu'autre corps ferme et solide, vont s'y établir, en quittant, seulement pour un temps, la litière qu'ils regagnent bientôt ; ils trouvent dans ces nouvelles places des points plus fixes pour faire avec avantage les efforts nécessaires à la mue.

» Tandis que notre insecte conserve encore la liberté des mou-vemens, il s'occupe à filer une soie blanche très-déliée, dont il apporte le réservoir en naissant. Ce fil, destiné à le garantir des chutes dans sa jeunesse, s'il vivait sur les arbres dans les champs, lui sert encore dans cette occasion pour l'aider à se dé-pouiller. Il en attache des brins partout aux environs de son corps, pour retenir sa peau en arrière lorsqu'il se portera lui-même en avant. On juge que les Vers à Soie sont sains et vigoureux lorsque la litière est bien garnie de ces fils.

» Le Ver étant amarré de la sorte, sa tête, déjà ridée à la frèze, commence à s'enfler ; il la tient élevée et ordinairement immobile, comme le reste du corps ; elle a quelque peu de transparence, parce que le Ver s'est vidé dans les hautes et basses voies de tout excré-ment. On aperçoit cette transparence en regardant le Ver à travers le jour d'une fenêtre ou à la lueur d'une lumière, mais moins distinctement aux deux premières mues qu'aux suivantes ; son museau paraît pointu et plus alongé ; cette partie à laquelle les crochets ou dents, et les yeux qui en terminent la tête, sont attachés, est une écaille faite en calotte, qui tombe séparément de la peau, et renaît comme elle à chaque mue.

» Cette écaille ne croît pas pendant la durée d'un âge, et elle n'est pas même susceptible d'extension comme la peau ; elle s'en détache tout naturellement peu à peu, à mesure que celle-ci s'enfle et se détend. Les mouvemens convulsifs dont la tête du Ver paraît de temps en temps agitée, achèvent la séparation. La nouvelle enveloppe qui se forme en dedans, et qui doit avoir plus de volume que la précédente, fait effort pour l'acquérir ; elle se fait jour à travers la fente ou la commissure de l'écaille avec la peau.... Comme elle acquiert toujours plus de liberté pour s'étendre, elle pousse en dessous l'ancien museau et le chasse en avant, ce qui fait paraître toute la tête pointue et plus alongée. Ce museau ou écaille, qui n'est plus qu'un vain masque vide, et qui ne tient presque à rien, tombe enfin de lui-même, ou bien le nouvel animal l'arrache lorsque ses crochets, ou ses pattes, écailleuses sont dégagées.

» Lorsque l'écaille est entièrement séparée, l'ouvrage est bien avancé ; elle laisse une ouverture fort étroite, n'ayant à la vérité que le calibre du premier anneau qui ne fend pas et ne se crevasse pas, comme on l'a cru ; mais elle est suffisante pour laisser passer le corps de l'insecte qui, en s'alongeant et se rétrécissant par de petits efforts multipliés, se débarrasse par-là d'un fourreau qui n'est plus de mesure.

» Nous avons dit que le Ver à Soie qui se dispose à la mue, avait eu soin de bonne heure d'amarrer ce fourreau d'une façon solide. Une liqueur qui transpire de son corps, et dont il paraît tout mouillé au sortir de la mue, se répandant entre la nouvelle et et la vieille peau, en facilite la séparation, et prévient les frottemens douloureux. C'est alors que l'insecte industrieux, s'aidant du mouvement vermiculaire qu'il donne à son corps de bas en haut, en fait avancer le premier anneau en dehors.... Dès que ses pattes de devant sont libres, il les accroche à quelque point, et il achève de se dégager en tirant en avant. La vieille peau, fixée par les cordons de soie et par les crochets des deux appendices de l'anus, reste derrière le Ver, aplatie et à la place où il s'était d'abord établi.... Quand la mue est faite à propos, et sans être pressée par la chaleur, le dépouillement est si parfait, que l'intérieur de ses trachées ou stigmates par où respire l'animal, se renouvelle, et il en sort de longs filets qui en tapissaient le dedans.

» Ce qui aide encore à cette séparation, c'est que le Ver ayant donné à sa vieille peau toute l'extension dont elle était susceptible, en se gorgeant de nourriture pendant la frèze, elle doit devenir un peu lâche dès que l'animal diminue de grosseur en se vidant de ses excrémens. Si la partie du corps comprise sous les anneaux restait aussi enflée que la tête, ou bien si la peau ne perdait pas de son ressort par la longue tension, il serait probablement impossible au Ver de se dépouiller.

» Ce détail, où tout n'est pas de simple curiosité, fera mieux sentir les raisons des pratiques qu'on met en œuvre avant, pendant et après la mue ».

(Cours complet d'Agriculture, rédigé par l'abbé Rosier.*)*

(6) Le corps du Ver à Soie, lorsqu'il va monter, est diaphane, et semble recéler des rayons de lumière.

(7) Les couleurs qu'ont ordinairement les cocons sont la couleur de la chair, le jaune pâle, le blanc, etc.

(8) Loin de nous Arachné, dont la rage implacable
    S'assouvit de carnage en son repaire affreux !

Il y a environ quarante ans qu'on a trouvé en France le secret de faire de la soie d'araignée, et l'on en a fabriqué quelques ouvrages, comme gants et bas au métier. On les a faits de coques assez semblables à celles de Vers à Soie, que les araignées les plus communes, à jambes courtes, font aux mois d'août et de septembre ; mais comme il faudrait trouver et nourrir un très-grand nombre d'araignées pour avoir très-peu de leur soie qui est sans lustre, et que ces insectes s'entretuent lorsqu'on les met ensemble, il y a apparence que cette découverte n'enrichira point notre Maison Rustique. Les curieux n'ont qu'à lire ce qui a été dit pour et contre, dans les Mémoires de l'Académie des Sciences de l'année 1710.

On s'est avisé, depuis quelques années, de dévider des coques de chenilles qui se plaisent sur les poiriers ; il s'est trouvé peu de soie dessus chaque coque, et on a eu de la peine à la dévider. Au surplus, cette soie est lustrée, et plus forte que celle des Vers à Soie.

Il y a en Orient une plante qui produit aussi une espèce de soie, qu'on fait entrer dans la fabrique de plusieurs étoffes des Indes et de la Chine ; les feuilles de cette plante sont peu larges, hautes d'un pied, et armées d'aiguillons semblables à ceux des artichaux ; son fruit est une gousse qui ressemble à un perroquet vert, ayant comme lui pieds, queue et tête, avec de petits cercles jaunes qui figurent comme ses yeux. Cette gousse contient une matière très-blanche et déliée ; on la file, et c'est la soie ; sa graine y est mêlée dans la gousse. On en a apporté en France par curiosité ; elle y a été deux ans à venir, et elle n'y a pas profité.

Extraits de la Maison Rustique.

TOULOUSE, Imprimerie de DELSOL.

www.ingramcontent.com/pod-product-compliance
Lightning Source LLC
Chambersburg PA
CBHW060819180626

46818CB00002B/874